La Gallinetta Rossa e i Grani di Frumento

Italian translation by Paola Antonioni

Un giorno La Gallinetta Rossa attraversava l'aia quando trovò dei grani di frumento.
"Posso seminare questo frumento" pensò. "Però ho bisogno di aiuto."

One day Little Red Hen was walking across the farmyard when she found some grains of wheat.
"I can plant this wheat," she thought. "But I'm going to need some help."

La Gallinetta Rossa chiamò agli altri animali della fattoria:
"Chi mi aiuta a seminare questo frumento?"
"Non io," disse il gatto, "Ho troppo da fare."
"Non io," disse il cane, "Ho troppo da fare."
"Non io," disse l'oca, "Ho troppo da fare."

Little Red Hen called out to the other animals on the farm:
"Will anyone help me plant this wheat?"
"Not I," said the cat, "I'm too busy."
"Not I," said the dog, "I'm too busy."
"Not I," said the goose, "I'm too busy."

"Allora lo faccio da sola," disse La Gallinetta Rossa.
Prese i grani di frumento e li seminò.

"Then I shall do it all by myself," said Little Red Hen.
She took the grains of wheat and planted them.

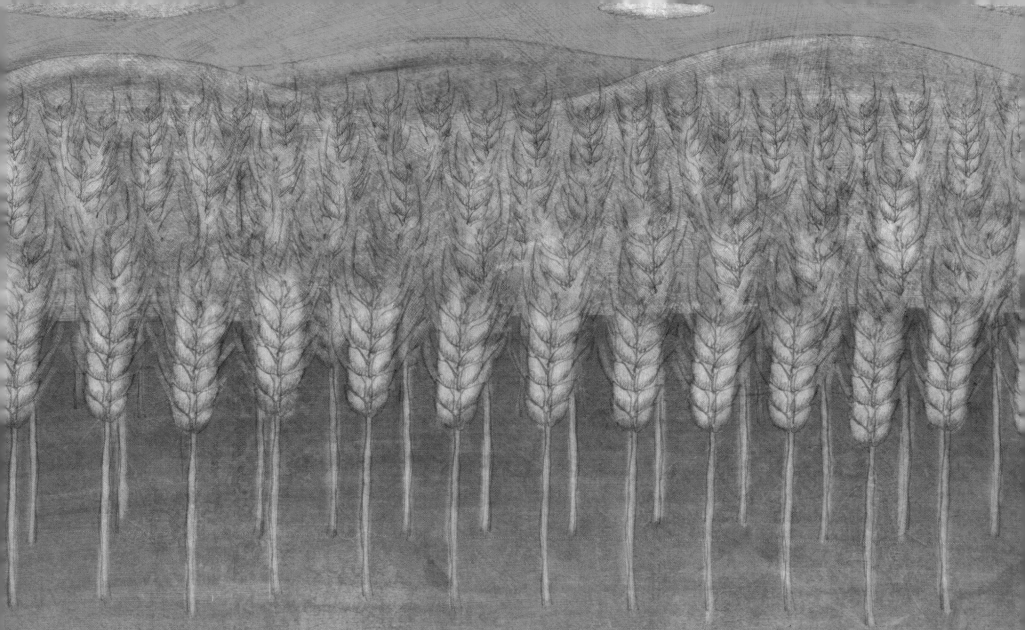

Le nuvole piovarono e il sole brillò. Il frumento diventò forte e grande e dorato. Un giorno La Gallinetta Rossa vide che il frumento era maturo. Ora era pronto per tagliare.

The clouds rained and the sun shone. The wheat grew strong and tall and golden. One day Little Red Hen saw that the wheat was ripe. Now it was ready to cut.

La Gallinetta Rossa chiamò agli altri animali:
"Chi mi aiuta a tagliare il frumento?"
"Non io," disse il gatto, "Ho troppo da fare."
"Non io," disse il cane, "Ho troppo da fare."
"Non io," disse l'oca, "Ho troppo da fare."

Little Red Hen called out to the other animals:
"Will anyone help me cut the wheat?"
"Not I," said the cat, "I'm too busy."
"Not I," said the dog, "I'm too busy."
"Not I," said the goose, "I'm too busy."

"Allora lo faccio da sola," disse la Gallinetta Rossa.
Prese un falcetto e tagliò tutto il frumento. Poi lo legò in un mazzo.

"Then I shall do it all by myself," said Little Red Hen.
She took a sickle and cut down all the wheat. Then she tied it into a bundle.

Adesso il frumento era pronto per trebbiare.
La Gallinetta Rossa portò il mazzo di frumento nell' aia.

Now the wheat was ready to thresh.
Little Red Hen carried the bundle of wheat back to the farmyard.

La Gallinetta Rossa chiamò agli altri animali:
"Chi mi aiuta a trebbiare il frumento?"
"Non io," disse il gatto, "Ho troppo da fare."
"Non io," disse il cane, "Ho troppo da fare."
"Non io," disse l'oca, "Ho troppo da fare."

Little Red Hen called out to the other animals:
"Will anyone help me thresh the wheat?"
"Not I," said the cat, "I'm too busy."
"Not I," said the dog, "I'm too busy."
"Not I," said the goose, "I'm too busy."

"Allora lo faccio da sola!"
disse La Gallinetta Rossa.

"Then I shall do it all by myself!"
said Little Red Hen.

Impiegò tutta la giornata per trebbiare
il frumento.
Il lavoro finito lo mise nel carro.

She threshed the wheat all day long.
When she had finished she put it into her cart.

Ora il frumento era pronto da macinare per fare la farina. La Gallinetta era molto stanca allora andò nella cascina e quasi subito si addormentò.

Now the wheat was ready to grind into flour. But Little Red Hen was very tired so she went to the barn where she soon fell fast asleep.

La mattina successiva, La Gallinetta Rossa chiamò
agli altri animali:
"Chi mi aiuta a portare il frumento al mulino?"
"Non io," disse il gatto, "Ho troppo da fare."
"Non io," disse il cane, "Ho troppo da fare."
"Non io," disse l'oca, "Ho troppo da fare."

The next morning Little Red Hen called out to the
other animals:
"Will anyone help me take the wheat to the mill?"
"Not I," said the cat, "I'm too busy."
"Not I," said the dog, "I'm too busy."
"Not I," said the goose, "I'm too busy."

"Allora ci vado da sola!" disse La Gallinetta Rossa.
Tirò il suo carro pieno di frumento lungo la strada fino al mulino.

"Then I shall go all by myself!" said Little Red Hen.
She pulled her cart full of wheat and wheeled it all the way to the mill.

Il mugnaio prese il frumento e lo macinò in farina.
Adesso era pronta per fare una pagnotta di pane.

The miller took the wheat and ground it into flour.
Now it was ready to make a loaf of bread.

La Gallinetta Rossa chiamò agli altri animali:
"Chi mi aiuta a portare questa farina al panettiere?"
"Non io," disse il gatto, "Ho troppo da fare."
"Non io," disse il cane, "Ho troppo da fare."
"Non io," disse l'oca, "Ho troppo da fare."

Little Red Hen called out to the other animals:
"Will anyone help me take this flour to the baker?"
"Not I," said the cat, "I'm too busy."
"Not I," said the dog, "I'm too busy."
"Not I," said the goose, "I'm too busy."

"Allora ci vado da sola!" disse La Gallinetta Rossa.
Portò il sacco di farina pesante fino al panificio.

"Then I shall go all by myself!" said Little Red Hen.
She took the heavy sack of flour all the way to the bakery.

Il panettiere prese la farina aggiunse del lievito, acqua,
zucchero e sale. Mise la pasta nel forno e la fece cuocere.
Diede il pane pronto alla Gallinetta Rossa.

The baker took the flour and added some yeast, water, sugar and salt.
He put the dough in the oven and baked it.
When the bread was ready he gave it to Little Red Hen.

La Gallinetta Rossa riportò il pane fresco
fino alla fattoria.

Little Red Hen carried the freshly baked
bread all the way back to the farmyard.

La Gallinetta Rossa chiamò agli altri animali:
"Chi mi aiuta a mangiare questo pane fresco e gustoso?"

Little Red Hen called out to the other animals:
"Will anyone help me eat this tasty fresh bread?"

"Io," disse il cane, "Non ho altro da fare."

"I will," said the dog, "I'm not busy."

"Io," disse l'oca, "Non ho altro da fare."

"I will," said the goose, "I'm not busy."

"Io," disse il gatto, "Non ho altro da fare."

"I will," said the cat, "I'm not busy."

"Ci devo proprio pensare un attimo!"
disse La Gallinetta Rossa.

"Oh, I'll have to think about that!"
said Little Red Hen.

La Gallinetta Rossa invitò il mugnaio e il panettiere a mangiare il suo pane buonissimo mentre gli altri animali rimasero a guardare.

The Little Red Hen invited the miller and the baker to share her delicious bread while the three other animals all looked on.

little hen	gallinetta	clouds	nuvole
red	rossa	rain	piovere
farmyard	aia	sun	sole
farm	fattoria	ripe	maturo
goose	oca	plant	seminare
dog	cane	cut	tagliare
cat	gato	sickle	falcetto
wheat	frumento	bundle	mazzo
busy	troppo da fare	thresh	trebbiare

grind	macinare	sugar	zucchero
flour	farina	salt	sale
the mill	mulino	tasty	gustoso
miller	mugnaio	fresh	fresco
ground	macinò	delicious	buonissimo
bread	pane		
baker	panettiere		
yeast	lievito		
water	acqua